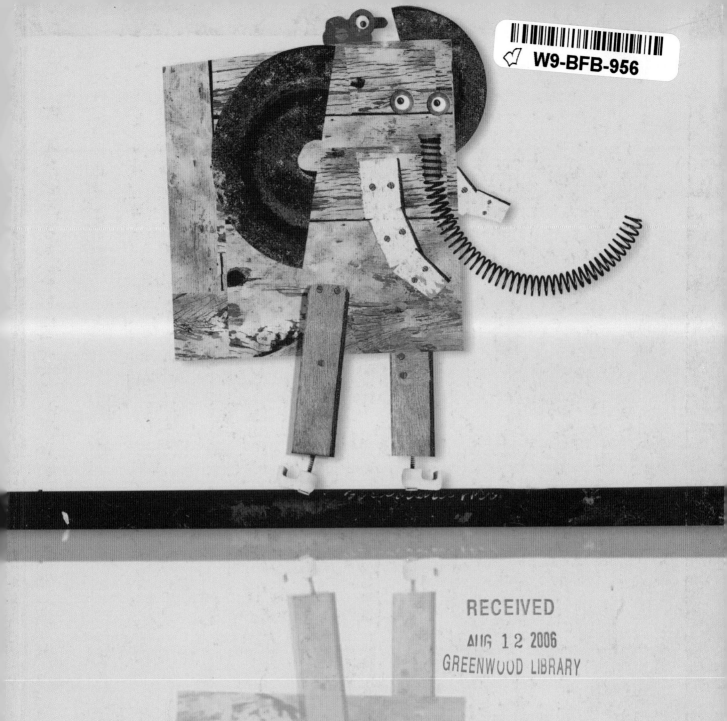

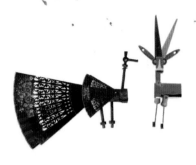

A todos los papás y mamás
y, en especial, a mis padres,
Clarita y Mauricio,
los quiero mucho.
Gusti

© 2004, Texto e ilustraciones: Gusti
© 2004, Abrapalabra editores, S.A. de C.V.

Primera edición:
© 2004 Abrapalabra editores, S.A. de C.V.
Campeche 429-3, 06140, México, D.F.

www.edicioneserres.com
Diseño: π

ISBN: 970-9705-02-4

Impreso en México.
4 000 ejemplares.

MEDIO ELEFANTE

Gusti

ediciones
SerreS

Una noche
el mundo se partió
por la mitad.

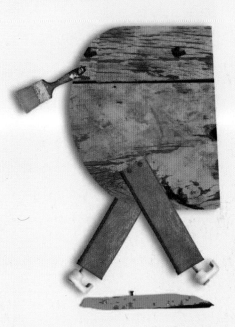

Un elefante que
estaba durmiendo
se despertó y
descubrió que su
otra mitad había
desaparecido.

El elefante se miró por delante,

por detrás,

por un lado,

y por el otro.

¡Qué horror! Debo encontrar a
mi otra mitad a toda costa.
Y salió a buscarla.

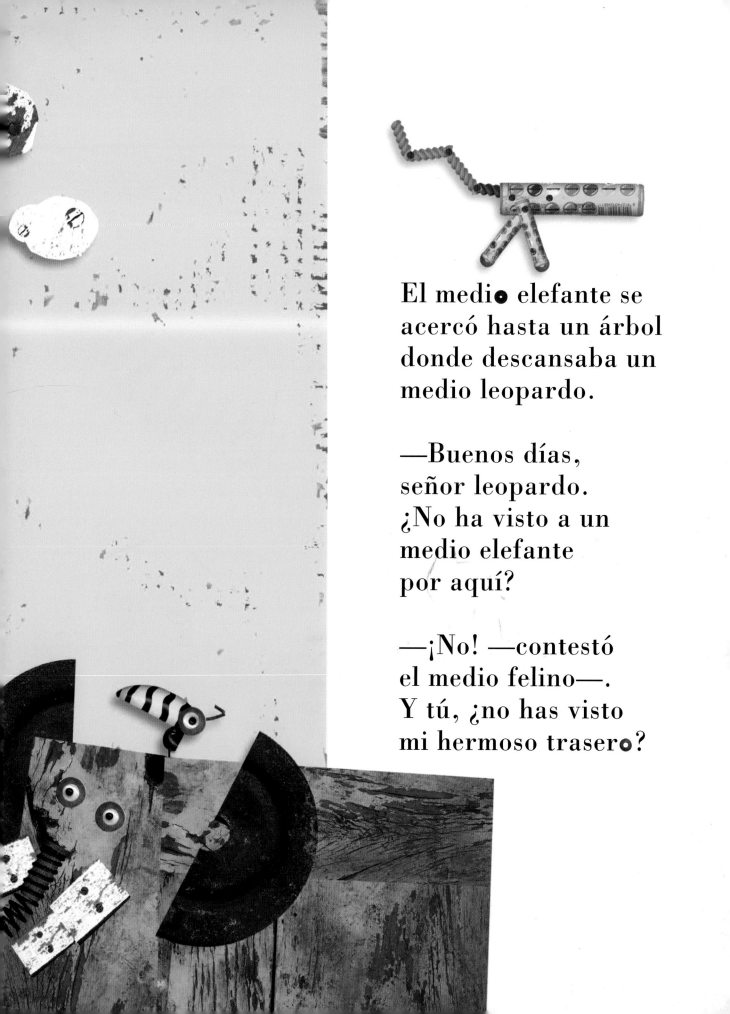

El medio elefante se
acercó hasta un árbol
donde descansaba un
medio leopardo.

—Buenos días,
señor leopardo.
¿No ha visto a un
medio elefante
por aquí?

—¡No! —contestó
el medio felino—.
Y tú, ¿no has visto
mi hermoso trasero?

Luego se encontró con
un medio cocodrilo
de afilados dientes.
Perdone usted, señor cocodrilo.
¿No ha visto pasar a un medio
elefante?
¡No! —contestó éste. Y tú, ¿no habrás
visto una cola con dos patas?

Y así
el medio
elefante fue
preguntando
por aquí
y por allá,
hasta que
de pronto

comprendió:
que todos
los animales
estaban
como él:

partidos
por la mitad.

—Qué remedio.
He de encontrar
otra mitad y así no
me sentiré partido.
Al primero que encontró,
fue un medio gusano.
Pero éste no paraba
de hablar y terminó
por aburrir al
medio elefante.

....bla,bla,bla.....

Un medio camaleón que
pasaba por allí lo invitó a
su rama, pero a la hora
de la comida no se
ponían de acuerdo.
Y, además, las moscas son muy
difíciles de atrapar
con la trompa.

Entonces
pensó:
¡Ser sólo
medio
elefante
no está
nada mal!

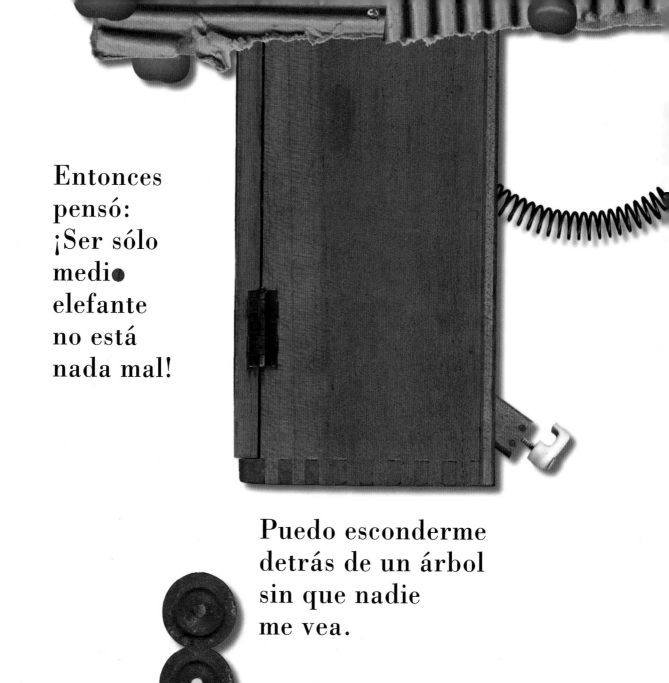

Puedo esconderme
detrás de un árbol
sin que nadie
me vea.

Puedo conducir
un mini descapotable.

Y ya no tendré
que rascarme,
porque nunca más
me picará la cola.

En el otro lado del mundo,
el otro medio elefante
tenía sus propios problemas.
Como no podía hablar,
intentaba sin éxito juntarse
con otras mitades.

Primero se juntó con un medio flamenco. Pero eso de mantener el equilibrio durante la siesta era muy complicado.

Más tarde probó juntarse
con un medio mono.
Pero éste no podía
saltar por los árboles,
pues se encontraba
muy pesado.

Después lo
intentó con
un medio pat,
pero éste se
pasaba la mayor
parte del tiempo
en el agua
y terminó
con el trasero
arrugado.

Hasta que, cansado
de juntarse con tantas
otras mitades, decidió
quedarse como estaba.
—¡Ser medio elefante tiene
sus ventajas! —se dijo:

Puedo volar en un
globo aerostático
por entre las nubes.

Puedo pesarme
en una balanza
sin romperla.

Puedo comprar sólo
un par de zapatos,
en vez de dos.

Y, además, ya no tendré que sonarme la trompa si estoy resfriado.

Y así pasó el tiempo, hasta que, el día menos pensado,

el mundo se
volvió a unir.

Los dos medio
elefantes al fin
se encontraron

y decidieron
que querían
seguir juntos,
pero...
¡no tanto!